魔法咒语练习室

如果你想成为童话故事中的人物，快来练习一下魔法咒语吧！

请从本书中学习如下几人的咒语吧！

魔法图书馆

变身美人鱼

［韩］安成燨/著
［韩］李景姬/图
李婷/译

海峡出版发行集团
海峡文艺出版社

每当作家用心创作出一部妙趣横生的作品时，

幻想王国中就会诞生与作品相应的故事王国。

人们所知道的故事中的主人公，也都

生活在幻想王国相应的故事王国之中。

一天，黑魔法师偷偷溜进知识场图书馆（魔法图书馆）中，把管理图书馆的魔法师托尼变成史莱姆，试图偷走具有强大魔力、能够统治幻想王国的黄金书签！

万幸的是，黄金书签具有自我保护能力，在黑魔法师到来之前预感到了危险，早已四散到各个故事王国中去了。

魔法书具有神奇的力量，能将散落各处的黄金书签收集在一起。现在，请让我们带上魔法书出发吧。

托尼

主要人物

甘妮

在海洋王国里受到黑魔法师的攻击，经历了被关进监狱等磨难，想在尼妮化成泡沫之前将她解救出来。

尼妮

为了解人鱼少年内心的真实想法，她勇敢地变身为人鱼，却为此失去了重要的东西——眼泪。

瑙鲁

海洋王国的人鱼少年，每天都在祈祷失踪的哥哥玛鲁能够回来。

峡谷魔法师
　　会制作人鱼和人互变的魔法药水。

美人鱼
　　安徒生作品中的主人公，是"空气精灵"。她会在海洋王国举行庆典时出现，帮助虔诚祈祷的人们实现一个愿望。

人鱼五姐妹
　　传说中的海洋王国统治者。

黑魔法师
　　想用各种手段占据幻想王国的阴险的魔法师。

目　录

第二天

尼妮，你还没准备好吗？只是在门前散步而已，干吗这么花心思？

姐姐，这件好，还是这件好？

不知道该穿哪件出去好。

两件差不多呀。

难道你是因为昨天的那个男孩？

什么啊？不……不是！

只是因为我想穿得漂亮点出门而已。

好吧，你说是就是啰。

作为昨天的答谢，我要把魔法书借给他……

尼妮，绝不可以！

哎呀！

　　甘妮和尼妮一点点从海面沉到海底。

　　姐妹俩努力挥舞着双臂试图游上去，但却无济于事，只是越发往下沉。

　　这时，一道耀眼的光芒从魔法书里喷射而出。

　　原来是托尼！

　　托尼从魔法书里跳出来，张开大嘴，一口吞下甘妮和尼妮，很快又把她们吐了出来。

　　先清醒过来的甘妮说："尼妮，快睁开眼睛！可以呼吸。"

　　"啊？真是如此！"尼妮也睁开了眼睛。原来是托尼用自己身体的一部分做了史莱姆潜水服套在了孩子们身上。

"谢谢托尼！"甘妮和尼妮异口同声地说。

"你们快去看看人鱼居住的海洋宫殿吧，那里一定会有黄金书签的！"

"人鱼？这里难道是……"托尼的话把甘妮吓了一跳。

"姐姐，你看不出来吗？这里就是人鱼王国啊！"

甘妮和尼妮手牵着手，游进了海底的人鱼王国。

"尼妮，我们是不是下沉得太深了？"

甘妮有些担心，但尼妮还是继续往下沉，沉向海底最深处。海底世界五彩斑斓，美不胜收，还有一座美丽的宫殿。在宫殿旁边，她们找到了一个小珊瑚礁花园，里面有五颜六色、形态各异的珊瑚礁，像花草树木一样装扮着海底。

"姐姐，看那边！"尼妮小声地说。

尼妮在珊瑚礁花园的角落里发现了一个蜷缩的身影。顺着尼妮指引的方向，甘妮也看到了。

"哇，那不是人鱼嘛！"甘妮说。

姐妹俩瞪圆了眼睛，迅速靠近人鱼。这个有着蓝色尾巴的人鱼少年，年纪看起来比甘妮稍微小一些，比尼妮则稍微大一些。

贝壳里珍珠闪耀，居然是个纪念碑。碑前，人鱼少年双手合十，正在虔诚地祈祷着什么。

看到少年这般模样，甘妮和尼妮并没有前去打扰。

突然，人鱼少年的身后出现了一个披着黑色斗篷的人。这个人的样貌很是怪异，脸部弥漫着一团黑烟，眼睛像两盏燃烧着的红灯。

 《海的女儿》的故事中，有这样的角色吗？

 好像没有……甚至可能都不是人鱼。

 他身后的那个黑影，和上次在安妮家谷仓里看到的有点像……

 黑魔法师！

 啊！危险！

惊慌失措的甘妮拉起尼妮迅速躲到了岩石后面。

黑魔法师没有注意到岩石后面的甘妮和尼妮，径直走到人鱼少年的身边。

"我正在祈……祈祷。"

听到了人鱼少年的答复，黑魔法师追问道："是吗？你在祈祷什么呢？"

"祈祷消失的哥哥能够早日回来。"

"我想我应该可以帮到你。"

"怎么帮呢？"

黑魔法师没有答话，快速把手伸向了人鱼少年。一瞬间，人鱼少年的脸也被浓密的黑烟笼罩。

"去把黄金书签给我拿来……"

"咳，咳咳……"

人鱼少年变得神志不清了。

"不可以！"尼妮大喊着向庭院的方向游去。

甘妮喊道："你才不可以，尼妮！"

尼妮迅速游了过去，用力将人鱼少年从烟雾中拖拽了出来。他们幸运地逃出了黑魔法师的魔掌。

"又是你们。我所到之处，你们这些旅行者总是能跟过来妨碍我！气死我了！你们死定了！"

黑魔法师一边念起咒语，一边迅速地抬起手，顿时周围便卷起了一团涌动的旋涡。黑魔法师将手伸向了尼妮。甘妮见状，张开双臂挡在尼妮前面。

甘妮和尼妮同时被卷进了黑魔法师的旋涡中，被甩得远远的。
黑魔法师再次把手伸向了人鱼少年。

人鱼少年慌忙说道："黄金书签在峡谷魔法师那里！"

"峡谷魔法师？如果你说谎，我会把整个海洋王国摧毁成碎片！"说完，黑魔法师便消失了。

啊……

第二章　人鱼少年瑙鲁

　　太阳火辣辣地炙烤着一望无垠的海滩。海鸥"咕咕"的叫声唤醒了尼妮，她睁开眼睛，坐起身一看，甘妮晕倒在离自己不远的地方。

　　"姐姐！快起来！我们活下来了！"尼妮跑过去，用力把甘妮摇醒，甘妮渐渐缓过神来。

　　姐妹俩互相检查了一下，觉得身体都无大碍便心安不少。她们环顾四周，看到海滩的不远处，人鱼少年倒在那里一动也不动。姐妹俩顾不得拍打身上的沙子，朝人鱼少年跑了过去。

　　"喂，你还好吗？快睁开眼睛啊！"甘妮摇了摇少年的肩膀，可他却没有任何反应。

他会不会像我们一样被黑魔法师攻击了？

对了，姐姐，急诊室用的那个机器叫什么来的？

心脏除颤仪？那个可绝对不行！我们不会用啊！

那该怎么办！要是人鱼少年死了的话……

刚刚给他泼了海水，可还是叫不醒他呢。

啊！是不是需要干净的水？我马上去拿来，姐姐你在这里守着他。

尼妮，你别跑！路上当心！哎哟，已经跑出去那么远了。

呃……

啊，你没事吧？现在感觉好些了吗？

你们两个还好吗？是我把你们带上岸的。将你们拖上岸后，我也没了力气。

啊，原来如此。真的谢谢你。

不，该说谢谢的是我，如果没有你们，我可能被黑魔法师……

是啊，黑魔法师！黑魔法师跟你要黄金书签了吧？黄金书签在海洋王国吗？

其实我也不知道在哪里。情急之下，我谎称在峡谷魔法师那里。

 那峡谷魔法师会不会有危险？

别担心，峡谷魔法师很厉害！她一定会好好地收拾黑魔法师的。

 是吗？你真机智！

多亏你转移了黑魔法师的视线，你是我的救命恩人。在失去意识之前，我隐约地听到了你的声音。

 啊……可是……救你的人不是我，而是……

我该如何报答你呢……啊，我唱人鱼的歌给你听吧。听到这首歌，无论你走到哪里，好运都会一直伴随着你的。

 该听这首歌的人不是我……尼妮，你在哪里？快回来啊！

孤单的人鱼等待着你，
每晚在河边静静守望。
终有一日能再次相见，
风中的约定必会送到。
……

甘妮听着听着，不自觉地眼眶湿润了。

人鱼少年说："那个……我好像有点喜欢你。"

甘妮的心脏仿佛扑通掉下去了似的。

"这是什么话呀？我们才认识多久啊！"

"但愿听到这歌声时，你能想起我。"

人鱼少年话音刚落，海面上掀起了一排排巨浪。人鱼少年转身向涌动的巨浪游去，渐渐地，海面恢复了平静，他也消失得无影无踪。

失魂落魄的甘妮，一脸茫然地望着人鱼少年消失的地方。

这时，尼妮笑嘻嘻地跑过来推了推甘妮。她抱着水桶，桶里装满了干净的泉水。

尼妮问："人鱼少年哪儿去了？"

甘妮指了指大海说："在你去找水的工夫游走了。"

"啊？什么啊！真的吗？我还想跟他交朋友呢！"尼妮感到十分沮丧，无奈得直跺脚。

甘妮有些难过，她无法如实地说出刚刚发生的事。

"应该还有机会相见的。尼妮，你不饿吗？"甘妮转移了话题。

"我们在这里边吃零食边等人鱼少年吧！为了报恩，他一定还会回来的。"甘妮说。

　　看到尼妮失落的样子，甘妮很是心疼。她想把尼妮的注意力转移到别的地方。一转头，甘妮看到远处的海边停泊着一艘巨大的船。

　　"尼妮，能把魔法书借给我吗？"

　　尼妮把魔法书递给甘妮，甘妮从书中掏出了一副双筒望远镜。从望远镜里，甘妮看到那艘大船的甲板上聚集了很多很多的人，像是要举办晚会。

34

"尼妮，那边好像在举行什么活动，去那里一定会有很多好吃的食物。"

"好，我们去看看！"

食物果然是尼妮最好的特效药，一听说有美食，她立刻忘掉了刚才的不快，牵起姐姐的手迫不及待地出发了。于是，两个人沿着海岸线奋力奔跑。

第三章　王妃的生日派对

砰！砰砰！噼里啪啦！噼里啪啦！砰！砰！

绚烂的烟花在黑暗的夜空中竞相绽放，四散开来的各色火花把夜空装点得耀眼夺目。海面上也倒映出满天烟花，天海相映，无比美丽。

甲板上，沙滩王国的王子和王妃被众人团团围住。

一位大臣上前大声致贺："衷心祝贺王妃生日快乐！"接着，许多大臣也纷纷送上祝福。

　　乐队奏响了欢快的乐曲，身着华丽服饰的舞者们纷纷跳起舞来。

　　"谢谢大家！祝大家度过愉快的时光。"王妃对船上所有的人说。

　　甘妮和尼妮挤在人群中，终于找到座位坐下来，津津有味地吃着美味的食物。

　　这时，传来了旁人聊天的声音。

"听说一会儿人鱼们会来唱祝歌。"

"真的吗？那真是难得一见的光景啊。"

"是啊！人鱼是不会随便为别人唱歌的。"

"早知道就该问他叫什么了……"甘妮听到"唱歌"，突然想起了人鱼少年。

尼妮拍了拍甘妮，说："姐姐，你看下面，跟这里不太一样。"

　　顺着尼妮指引的方向望去，甘妮看到了那里的人们正享受着更精致的食物。

　　"那里是贵族的座位，这里是平民的座位，准备的菜肴当然不一样了。"坐在甘妮旁边的大叔说道。

　　尼妮贴在甘妮的耳边悄悄地说了些什么，听罢，甘妮露出了神秘的笑容。

船的一侧，厨房的入口处出现了两个鬼鬼祟祟的人影，原来是甘妮和尼妮。

"不能错过这些好吃的甜点！"尼妮说。

"没错，多吃些好吃的，才有力气拯救幻想王国嘛。"

甘妮和尼妮轻轻地推开门，悄悄地把头伸了进去。

厨房里空无一人。

宫廷厨师们做完佳肴后，也融入人群，此时正沉浸在派对愉快的氛围之中。

甘妮先走了进去，随后向门外的尼妮摆了摆手，示意她进来。

姐妹俩顺着香甜的味道很快就找到了甜点。

"派对正在进行中，这一定是剩下的食物吧？"甘妮说。

烹饪台上摆放着提拉米苏、马卡龙、蛋挞、布丁、华夫饼等好多精致的甜点。甘妮和尼妮津津有味地吃了起来，尽情地享受着香甜软糯的甜品带来的美妙滋味。

突然，厨房的门"砰"的一声被推开了，随之传来了一声凶恶的吼叫："你们这些家伙，在这里做什么？"

甘妮和尼妮瞬间被吓得瘫坐在地上。

这名宫廷厨师气喘吁吁地站在门口，生气地嚷道："这些是给王妃做的专属甜品，你们竟然把它们吃掉了！"

"实在对不起！我们还以为这些是吃剩下的甜品呢。"甘妮低声说道。

厨师听了，丝毫没有想要原谅她们的意思。

"什么？吃剩下的？像话吗？知道这些是我们花了多少心思做出来的吗？"

厨师按响警铃，呼叫了警卫。

很快，外面传来了一阵急促的脚步声，大批的警卫蜂拥而至。

"发生了什么事？"一名警卫问道。

"这两个孩子吃掉了给王妃专门准备的甜点，必须立刻逮捕她们！"

听了厨师的话，警卫们走到甘妮和尼妮身边，毫不客气地拿出绳子要把她俩绑起来。

尼妮皱起眉头，挥动双手表示强烈的不满："我发誓！我们没吃蛋糕！"

甘妮向四周看了一下，然后指向出口的反方向，大声嚷道："哎呀！那个人是谁？"

警卫们和厨师的头都转向了那边。

"尼妮，快跑！"甘妮牵起尼妮的手，向厨房外奋力奔去。被打乱节奏的警卫们争着要抓住两个孩子，结果好几个人撞到一起，纷纷摔倒在了地上。

"咣当当当……"

甘妮和尼妮趁机横穿甲板，跑到了船尾。刚才那个厨师，也呼哧带喘地追了过来。

"你们两个家伙！要么死在我手里，要么淹死在海里，反正今天是死定了！"厨师上气不接下气地喊道。

厨师一步步靠近姐妹俩，甘妮和尼妮已无路可退，再退一步，就要从船上掉下去了。

"姐姐，怎么办？"

"我也不知道。"甘妮也慌了。

这时，远处传来了人鱼们的歌声。

　　　　沙滩王国美丽的女子们，
　　　　沐浴着皎洁的月光，
　　　　让我们同唱祝歌：
　　　　祝美丽的王妃青春长驻，
　　　　祝温柔的王妃健康快乐，
　　　　祝端庄的王妃好运连年，
　　　　……

人鱼们一边唱歌一边游，歌声由远及近，飘飘忽忽，充满了神秘的气息。

"尼妮，你相信姐姐吧？"

"嗯！当然相信！"

"我们游到那边的海岸！"

"一，二，三！"甘妮牵着尼妮的手，趁厨师因歌声发愣的当儿跳下了船。

这时，两只粉红色的大海豚跃出海面，稳稳地接住了甘妮和尼妮，然后浮在了海面上。

甘妮担心自己会掉下去，紧紧地抱着海豚的鳍。

尼妮开心地指向海面喊："姐姐！快看那边！"

顺着尼妮所指的方向，甘妮看到人鱼少年正微笑着向她们挥舞双手。

"一定是人鱼少年帮助了我们！"尼妮大声说。

载着两个孩子的海豚很快到达了浅滩。

"海豚海豚，谢谢你们！我们就在这下了。"甘妮抚摸着海豚说。

或许是听懂了甘妮的话，海豚们沉下了身子。

尼妮刚在海滩站稳脚，就迫不及待地向远处大声喊："人鱼少年！你能看到我们吗？多亏了你的帮忙，我们活下来了！"

"尼妮，现在还不是高兴的时候。"甘妮拽着尼妮的胳膊跑起来。

身后不远处，警卫们正朝着她们赶来。

第四章　被关进监狱

　　甘妮和尼妮最终还是被警卫们逮住，被关进了沙滩王国悬崖监狱的最后一个房间。这座由陡峭的悬崖洞穴改造成的监狱，是幻想王国所有监狱中最可怕的一座。

　　尼妮踮起脚尖，透过小小的铁窗眺望大海。

　　"姐姐，我们现在怎么办？"尼妮问道。

　　甘妮摸着墙，不紧不慢地宽慰道："别担心，尼妮，就像在爱丽丝秘境救出小白兔一样，我们一定有办法从这里逃出去的。"

　　"这里好像有东西！"在角落里摸索半天的甘妮，表情突然激动起来。

　　"是什么呀？"尼妮也变得很激动。

　　甘妮捧起角落的东西，借着微弱的月光，在看清的一刹那，吓得发出一串尖叫。

甘妮手中拿的竟然是骷髅头！

这可把两个孩子吓得直接瘫软在地上。

从甘妮手中掉落下来的骷髅头，被尼妮一脚踢得远远的，瞬间就碎掉了。

"哎呀，真是太吵了！"

监狱里传来一个阴沉的声音，不知道是男人还是女人，也不知道是年轻人还是老年人。

甘妮鼓起勇气问："谁？你是谁？"

"还能是谁啊！是悬崖监狱的幽灵呗。"说罢，那个人哈哈大笑起来。

不笑还好，这一笑更显得阴森恐怖，更加诡异瘆人。甘妮和尼妮被吓得抱成了一团。

突然，监狱的走廊里红灯闪烁，紧接着传来了警卫的声音："王子驾到！所有囚犯都趴下！"

不一会儿，王子走到了关押甘妮和尼妮的狱室门前。

警卫打开门，王子随即走了进来。

"这些孩子是旅行者吗？和我们也没什么区别嘛。"王子很看不顺眼地说。

甘妮对王子说："是的，我们是来找黄金书签的，刚好听说这里要开派对，所以……"

"我知道，我是亲自来惩罚你们的。"王子不怀好意地笑了。

甘妮尽量真诚、谦卑地说："王子殿下，请原谅我们一次！找书签真的很难、很累，我们想吃些甜品补充点能量。"

"吵死了！"王子大吼道。

甘妮和尼妮又被吓了一回。

"原谅？"王子脸上的表情阴晴不定，"你们为了拯救幻想王国闯到了我这里，但并不意味着你们就可以在这儿随心所欲。"

"我们做错了，真的很抱歉……"

"都怪你们，王妃的生日蛋糕都被毁掉了！"甘妮的话被王子打断了，"我不生气，王妃也饶不了你们。"

"我们怎么做才能赎罪呢？"尼妮小心地问。

"你们一辈子就待在这里吧。往后每年只让你们出去一天，仅在王妃生日当天。"王子说完猛地一转身，径直走了出去。

王子和警卫离开了，脚步声越来越远、越来越轻。很快，监狱里又陷入一片寂静中。

"唉，不管了。"尼妮或许是真累了，直接躺在了地上，"先睡一觉再说。"

"真是太糟糕了，从没有这么糟糕过。"甘妮则心急如焚，不知道该从魔法书里找出什么才好。

姐妹俩真会一直被关在这里吗？

尼妮的睡意袭来，她很快就传出轻微的鼾声。看着妹妹，甘妮一点困意也没有，靠着监狱唯一一个小窗口望着外面。夜空下，大海波浪隐隐地翻动，幽黑幽黑的，显得更加深邃，更加让人捉摸不透。

突然，监狱外面一阵悠悠的哼唱打破了寂静：

孤单的人鱼等待着你，

每晚在河边静静守望。

终有一日能再次相见，

风中的约定必会送到。

……

是人鱼少年的声音。

尼妮条件反射一样醒了过来，起身跑到铁窗前，向外望了望，又转过头问甘妮："姐姐，你刚刚听到歌声了吧？"

"歌声？什么歌声？"甘妮装作没听见。

"就是人鱼少年的歌声啊！"尼妮以为自己幻听了，屏住呼吸侧耳倾听。

"是……是吗？"

"他一定是担心我才找过来的！"尼妮兴奋地嚷嚷，"确实是他在唱歌。姐姐你听。"

尼妮的心怦怦直跳。

甘妮的心也怦怦直跳。

"人鱼少年一定是喜欢我们！第一次救我们的时候，或许只是因为感激……可每次遇到危险的时候，他准会出现帮助我们，所以肯定没错！"尼妮把自己的想法说了出来。

　　甘妮摇摇头说："尼妮，可能不是你想的那样。"

甘妮听了一会儿，温柔地对尼妮说："尼妮，毕竟我们不确定他心里是怎么想的。"

　　"所以我要确认一下人鱼少年的想法！我要找到黄金书签，托尼说书签在海洋王国，我必须去海洋王国！"尼妮的声音突然变大。

　　尼妮急得直跺脚，甘妮则无力地坐在监狱的地面上。

　　"那又能怎么样，我们现在被困在牢里。"

　　甘妮话音刚落，阴沉的声音又响了起来："你们要去海洋王国？"

　　"啊——"两姐妹又一次被吓得尖叫起来。

尼妮环顾四周问道："你是谁？你在哪里？"

"你不需要知道我是谁，我在哪里。其实这里不是监狱，而是王子收藏怪物的博物馆。"

甘妮和尼妮听了紧紧地握住对方的手。

尼妮追问："你说的是什么意思？"

"这里就是把罕见的和神奇的东西收集起来的地方，是王子奇怪的癖好的陈列馆。"

这时，甘妮感觉到头顶上方有水珠滴滴答答地掉下来。

"啊，好凉！"

甘妮打开手机屏幕，朝头顶上方照了过去。天花板居然裂了一大角。

"姐姐，快看那边！"尼妮发现了不一样的东西，"是人鱼的尾巴。"

甘妮按尼妮指的方位看去，果然是一条巨大的人鱼尾巴往下奔拉着，水滴正是从尾巴的末端滴落下来的。

如果能答应我一个请求，我会帮助你们离开这里。

 请求？什么请求？

 给，接住这个。

 是一条贝壳项链，用它做什么呢？

 海洋宫殿旁边有一个小花园，请把项链系在花园角落的粉红色珊瑚礁上。

 这很重要吗？

 它对我来说很珍贵，是我弟弟给我做的。

 弟弟？你弟弟也是人鱼吗？

 家人知道你被困在这里吗？他们一定很担心你……

你不需要知道那么多细节，我从未拜托过那里的人，你们是旅行者，我觉得你们应该能够做到。

知道了，那你打算怎么帮助我们离开这里？

我告诉你们逃离此地的办法。监狱墙面上有隐藏的拼图，破解了就可以打开窗户，然后爬出去，沿着悬崖上的小路离开这里。

监狱的墙上有拼图吗？

是的，它平时是一堵普通的墙，但经过我长久的观察，发现它藏有玄机。

玄机？什么玄机？

每晚午夜十二点，墙面上就会涌出好多文字，但它们仅仅只显示一分钟。破解了墙面上的文字密码，监狱铁窗上的栏杆就会开启一小会儿。

哇，太神奇了！那请你提前告诉我们答案吧！

因为这个隐藏的拼图出现时，墙壁就像活的一样不停地动，而且每次都会更换部分文字，我也无法准确告诉你们答案。唯一可以确定的是，需要从中找出幻想王国中七个人物的名字。

姐姐，马上就到午夜十二点了！

两个孩子深吸一口气面朝墙壁站立。正如人鱼所说，十一点五十九分监狱的墙壁突然开始晃动，准十二点时，墙面上显出了很多文字。

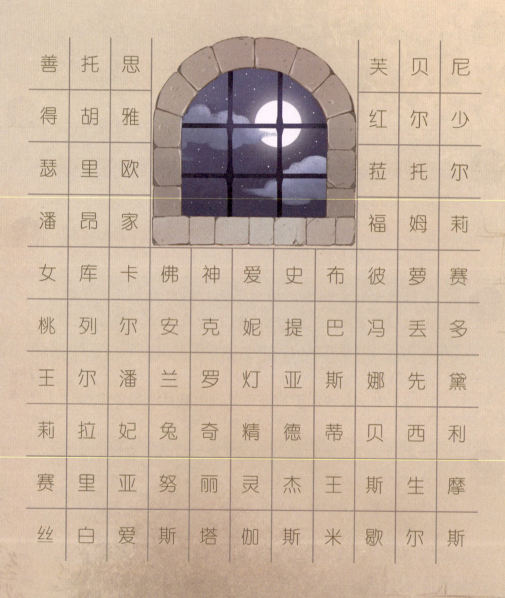

善	托	思						芙	贝	尼
得	胡	雅						红	尔	少
瑟	里	欧						菈	托	尔
潘	昂	家						福	姆	莉
女	库	卡	佛	神	爱	史	布	彼	萝	赛
桃	列	尔	安	克	妮	提	巴	冯	丢	多
王	尔	潘	兰	罗	灯	亚	斯	娜	先	黛
莉	拉	妃	兔	奇	精	德	蒂	贝	西	利
赛	里	亚	努	丽	灵	杰	王	斯	生	摩
丝	白	爱	斯	塔	伽	斯	米	歇	尔	斯

"姐姐，那上面有'红桃女王'。"尼妮说着，在墙上将"红桃女王"几个字依次按了一下。

甘妮则继续努力寻找其他文字。

"彼得·潘。"甘妮边说边按了下去。

"快，快点找啊！"尼妮忧心忡忡地说，"已经找到六个了，铁栅栏怎么还没消失呢？现在就剩十秒了！快！"

"安静！我正在找。"甘妮喝道。

"安——是的，我看到了'安'，好像刚才也看到了'妮'。"尼妮高兴地喊道，"在那里，'安妮'！"

尼妮按下了好不容易找到的"安妮"，铁栅栏瞬间就消失了。

"啊！我们做到了！"甘妮和尼妮大声嚷道，"太好了，我们可以出去了。"

"太棒了！你们真的做到了！"人鱼说。

在甘妮的帮助下，尼妮先逃到了窗外。就当甘妮也准备跳出窗时，再次传来了人鱼的声音。

"一定要答应我的请求！出去后请打开项链上的贝壳，里面有变成人鱼的方法。如果你们变成人鱼的话，就可以轻松地进入海洋王国了。"

"这么珍贵的东西，你为什么不直接交给他呢？和我们一起出去吧！"甘妮说。

别忘了对我的承诺！

人鱼深深地叹了口气说："不，我是海洋王国的叛逆者，也因此给弟弟带去了很大的伤害，我没脸回去。"说完，人鱼的尾巴便消失在黑暗中。

甘妮和尼妮刚跳出窗后不一会儿，铁栅栏就落了下来。姐妹俩相视一笑，都给对方伸出了一个大拇指。

监狱外墙有一条小路一直延伸到海滩。这条路很窄小，是紧靠着悬崖开凿的，幸运的是，姐妹俩有足够的站立空间。她们小心翼翼地贴着崖壁上的小路走着，费了好一番工夫，终于来到了海滩。

尼妮向远处望向，用手指了指大海说："姐姐，快看那儿，我说得没错吧？"

不远处的海里出现了人鱼少年的脸。人鱼少年也看到了甘妮和尼妮，抬起双臂来回摇晃。

人鱼少年快速地游向姐妹俩，甘妮和尼妮也快速地向人鱼少年奔去。

　　"你们终于逃出来了！"男孩激动得很，"我以为我再也见不到你们了。你们不知道我有多担心。"

　　人鱼少年和甘妮的眼神迅速对视一下。

　　人鱼少年脸上立刻泛起羞涩的红晕，吞吞吐吐地说："啊，当然了……我也知道这可能是最后一次见面。"

　　甘妮也觉得不好意思，但她什么也没有说。

　　"那是什么意思？"尼妮大声问道。

"我有其他的事情了……"

"什么事呢？"尼妮急得直跺脚，催促人鱼少年快点回答。

人鱼少年觉得尼妮的眼神有些不对劲，赶紧转移了视线。

"是我的事，我不该喜欢人类的。不管怎样，看到你们平安无事就可以了。我回去了，再见！"说完，人鱼少年扑通一声沉进了海底。

啊，姐姐一喊，他竟然回来了！

还是不知道黄金书签在哪里吗？沙滩王国的人好像并不知道。

听说传说中的美人鱼有黄金书签！就是那个很久以前变成"空气精灵"的人鱼公主。

人鱼公主在哪里呢？在海洋王国吗？

不，不是，现在不在我们的王国！

到哪里才能见到她呢？告诉我这个就行！

在节日庆典时诚恳地祈祷的话，她可能会出现，并帮助祈祷的人实现一个愿望。

刚才你一直在许愿吗？

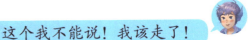

这个我不能说！我该走了！

回来！我还有话要说！

尼妮……他已经走远了。

你喜欢我！我知道的。

　　尼妮挥着手臂喊了几声，但人鱼少年却没有回来。尼妮的眼角噙满了泪水。

68

"我是喜欢……"尼妮哽咽地说不下去了。

甘妮心疼得很，紧紧搂住了尼妮。

第六章　寻找峡谷魔法师

天亮了，太阳从山顶上升了起来。

甘妮和尼妮朝着沙滩王国边沿的尖峰山出发。

看过悬崖监狱中人鱼给的贝壳项链里纸条上写的东西，尼妮决定尝试一下。

"我再说一遍，若是为了人鱼少年去海洋王国是绝不可以的，知道了吗？"甘妮叮嘱再三。

　　"我知道。不过，我去见人鱼少年也是一件重要的事情。"
尼妮噘着嘴，但一想到很快就可以见到人鱼少年，又不由得开心
起来。

　　甘妮担忧的，不仅是尼妮身体会受到伤害，还有是知道真相
后她的心灵会受伤。

"这里是幻想王国，我们只是旅行者，你想做什么？"甘妮说。

"我只是想知道他是怎么想的！"尼妮答道。

为了防止情况变得更糟，甘妮故意狠心地说："人鱼少年喜欢我，你就忘掉他吧，尼妮！"

"不要撒谎！姐姐是因为嫉妒我，才故意这样说的吧？"尼妮把姐姐抛在身后，跑向山谷。

"尼妮，你站住！尼妮，你站住！"甘妮追赶着尼妮，可尼妮却一晃消失在了草丛中。甘妮一边喊着尼妮，一边往前继续追了过去。

尼妮继续朝着深山沟里走。一想到化身为人鱼就可以去海洋王国，就可以见到人鱼少年，她的脚步也变得轻快起来。

不知不觉，两个人的距离被拉得越来越远。每当尼妮回头看的时候，发现甘妮不知怎么回事，一直在树林里徘徊。尼妮把刚刚生气的事抛到了脑后，朝着甘妮的方向大喊道："不要上来，在下面等着。我马上下去！"可是，甘妮好像没听到似的，没有任何回应。

原来，甘妮迷失了方向，总是在同一处打转。她和尼妮之间，好像是隔了一个空间，声音是无法穿越的。

尼妮从贝壳项链里拿出纸条打开细看，发现上面还附有一张通往峡谷魔法师家的地图。

尼妮看着地图喃喃自语："蓝色的树，旁边是蓝色的屋顶……那这里应该就是峡谷魔法师的家了……"

根据地图上的指示，尼妮走着走着，眼前出现了一个穿着长袍的高个子女人。

"你好，小家伙。"

尼妮吓了一跳，后退了几步。

没错。您是怎么知道的？

 我就是峡谷魔法师呀。你来找我是想成为人鱼吧？

 是，那个……

 好啊！我给你一剂能变为人鱼的药水。一天过后，你还会变回人身。

 哇！这就是我在找的！

 不过天下从来没有免费的午餐，你能给我什么呢？

 这，这个……

 你能把你的微笑给我吗？或者把你那临危不惧的勇气给我？都可以的，只要有能交换的东西。

 哦，我这里有一本很神奇的书。

 是那个有漂亮书签的书吗？

　　峡谷魔法师坐了下来，直视着尼妮的眼睛。瞬间，尼妮变得全身无力，没精打采。

　　峡谷魔法师毫不犹豫地把手伸进尼妮的包里。尼妮没有阻止峡谷魔法师，反而是一五一十地回答着峡谷魔法师的话。

对啊。已经收集四张了。

 好吧，虽然还不够，不过……

 怎……怎么了？

 什么啊！包里什么都没有！你可知道对魔法师说谎会是什么下场吗？

 对不起……我不是故意撒谎的，我还以为书在包里呢。

 那你能给我什么呢？声音？头发？眼泪？微笑？如果你想得到变身药水，总得用一件重要的东西作为交换吧！

 ……

峡谷魔法师可怕的声音响彻森林。

此时此刻，甘妮在森林里完全迷失了方向。为了找到来时的路，她想重返出发的地方，可已累得两腿无力，只得瘫坐在地上。

"尼妮会在哪里呢？是不是已经遇到峡谷魔法师了呢？如果遇到的是奇怪的人，那可怎么办？"甘妮担心起来。

想到这里，甘妮不能坐视不理了。她用尽全力重新站了起来。

77

"也不知道这是幸运还是不幸，魔法书在我手里。"甘妮喃喃自语着再次向森林深处走去。在和尼妮吵嘴的时候，甘妮捡到了从尼妮书包里掉落的魔法书，还没来得及归还尼妮，两个人就分开了。

甘妮从魔法书里拿出一块巧克力派吃了起来。

　　"尼妮一定也很饿……"一想到尼妮，甘妮又朝着峡谷走去。她的身体变得越来越沉，每走一步都很艰难。甘妮确实累了，她要停下来休息一会儿。她本打算靠在树桩旁小憩一会儿，却不知不觉睡着了。

第七章　尼妮变人鱼

太阳在海平面上探出了它的整个脑袋儿，朝霞闪着耀眼的金光。花草叶瓣上的露珠儿晶莹透亮，映着初升的朝阳，像一粒粒珍珠，一闪一闪地滚动着。

尼妮从灌木丛里钻了出来，抖落了许多珍珠。尼妮整夜都在山中跋涉，才刚刚到达这里。

"哇！终于到了！"

尼妮虽然很疲惫，但她比任何时候都兴奋。

会回来的
会找回来的

尼妮拿着一根树枝走到海滩上，在海水无法触及的沙滩上留下了几行字。然后，她长舒一口气，走到海水里，把贝壳项链戴在脖子上，一口气喝下了变身药水。一瞬间，她只觉得天旋地转，随即便昏了过去。

啪！哗啦！哗啦……

尼妮的脸颊被海浪一次次拍打着，她渐渐苏醒过来。她像往常一样想要站起身，却发现身体发生了变化！

哇——
我变人鱼了！

正好一个大浪袭来，把尼妮带进了海洋里。

"太棒了！我可以呼吸！我还可以游得这么快！"尼妮说。

右边有一群鲨鱼游了过来，但尼妮并不害怕，因为尼妮要比鲨鱼游得快多了。

尼妮游到了宫殿旁边的珊瑚礁花园。这是尼妮第一次遇见人鱼少年的地方。

在花园里找了一会儿，尼妮找到了那块粉红色的珊瑚礁，把贝壳项链挂了上去。

"悬崖监狱的人鱼叔叔，谢谢你帮助了我。我遵守了承诺，这样就可以了吧？"

尼妮闭上了眼睛，双手合十，默默祈祷了一会儿，然后睁眼，转过身……

"啊——吓我一跳！"

尼妮吓得不轻，下意识地舞动起手臂。眼前的，正是人鱼少年！

"啊——吓我一跳！"

人鱼少年也受到了惊吓，一屁股坐到了地上。

"你明明是人类……现在怎么……"

"说来话长，我想借助魔法的力量化身为人鱼，不过仅有一天的时间。"尼妮说。

人鱼少年顿时哑然，难以置信地望着尼妮，愣愣地眨着眼睛。

"你叫什么名字？我真的很想再次见到你，和你聊一聊。每次你都是说消失就消失。"

"我的名字叫'瑙鲁'，意思是'被风吹起的涟漪'。"

　　"名字真好听，我叫尼妮。昨天你见到的是我姐姐，她叫甘妮。我们是来自外面世界的旅行者。"

　　瑙鲁指着珊瑚礁上的项链问道："那条贝壳项链，是你挂上去的吗？"

　　面对瑙鲁的提问，尼妮点了点头。

　　瑙鲁急切地追问："这是我哥哥的项链，你见过他吗？"

　　"是你哥哥？真的吗？事情是这样的……"尼妮把在悬崖监狱里发生的事情一五一十地告诉给了瑙鲁。

　　听完尼妮的故事，瑙鲁说起了自己的故事。

　　"我哥哥名叫'玛鲁'，意思是'海浪之巅'。正如其名，哥哥喜欢乘风破浪，迎接挑战，喜欢到外面的世界游历。

　　"有一天，我哥哥玛鲁对一个人类女子一见钟情，坠入了爱河，于是他下定决心要成为人类，便去寻找住在尖峰山下的峡谷魔法师，但之后消息就断了。

　　"这个贝壳项链是我送给哥哥的生日礼物。"瑠鲁一边将贝
壳项链在脸颊上揉搓，一边呜咽。

瑙鲁，别担心，你哥哥还活着。他现在被关押在怪物博物馆里。

什么？怪物博物馆？怪物博物馆在哪儿？

那个悬崖监狱其实是怪物博物馆。虽然我只看到了尾巴，但那绝对是人鱼的尾巴。

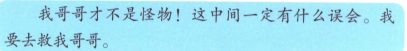
我哥哥才不是怪物！这中间一定有什么误会。我要去救我哥哥。

你哥哥说他不会再回到海洋王国了，他说他自己是叛逆者。

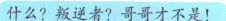
什么？叛逆者？哥哥才不是！

或许是在你们许久未见期间，你哥哥已经变成怪物，他因此觉得太丢人，所以才不想回来的吧？

你没必要把话说得那么刻薄吧！

刻薄吗？我只是说了事实而已，我可不想让你白费力气。

不要再说了！你也是有姐姐的人，我见不到哥哥有多么伤心难过，你为何一点都体会不到呢？

因为那是你哥哥。我跟姐姐绝对不会那样。

尼妮，你真是口无遮拦啊！就算你是旅行者，也不能对幻想王国的居民这样乱讲话呀！

瑙鲁和尼妮交谈后很生气，立即转身离开了。

尼妮紧跟着瑙鲁，在他身后喊道："瑙鲁，你别走！我还有话要说。"

瑙鲁游得更快了，尼妮用尽全力游，终于追上了瑙鲁。

尼妮伸出手抓住了瑙鲁的尾巴，瑙鲁无奈地停下来，回头盯着尼妮。尼妮说："对不起，我说错话了。但是有件事我一定要问你！"

"什么事？说吧。"

瑙鲁这么一说，尼妮反倒迟疑了。片刻之后，她才问道："你……是喜欢我吧？所以你才一直在帮助我和姐姐的，对吧？"

听到尼妮的话，瑙鲁的表情一下子僵住了。

尼妮见瑙鲁不回答，继续说："我也喜欢你。所以，我才会变为人鱼来见你。"

"对不起。可能是我的行为让你误会了，我喜欢的人是……不，我喜欢的人不是你，而是甘妮。"

"什么？你说谎！是因为刚才我说错话惹你不高兴，所以你才这么说的吧？你……"

"不，和那个没关系。从一开始我就……就喜欢甘妮，但是现在我放弃了。"瑙鲁打断了尼妮的话。

瑙鲁小声地补充道："因为我不想像哥哥一样。"

原来，爬尖峰山时甘妮所说的话是真的，可奇怪的是尼妮一点也没觉得难过。

"奇怪……如果是平时的话，我会放声大哭的，可为何现在既不伤心，也不流泪？"

突然，尼妮想到了一件事，浑身起了鸡皮疙瘩。

"把我的眼泪给您吧，我觉得我没有眼泪也可以。"和峡谷魔法师说的话，立刻回荡在尼妮的脑海里。

　　原来，为了换取变身药水，尼妮把自己的眼泪给了峡谷魔法师！正因如此，尼妮才不会感到伤心难过，也无法对别人的悲伤产生共鸣，所以刚才在听了璐鲁讲的他的哥哥的故事时，才会无动于衷。

不仅如此，现在似乎连喜欢瑙鲁的心也消失了。刚才听到瑙鲁说喜欢的人是甘妮，尼妮竟然一点也不难过。尼妮突然感到天旋地转。

瑙鲁一把扶住了差点晕倒的尼妮。

尼妮给瑙鲁讲述了用眼泪换取变身药水的故事，瑙鲁默默地听着。

就在尼妮快要讲完的时候，传来了打鼓的声音——

"咚咚！锵锵！"

"锵锵锵！咚咚咚！"

……

海里的人鱼们集合起来了！一场庆典即将开始！

不一会儿，从海洋宫殿那边徐徐传来了美妙的歌声。

第八章　尼妮在哪里

与此同时，刚睡醒的甘妮又爬上了通往尖峰山的小路，终于找到了峡谷魔法师的家。

"请问，有人在吗？"

甘妮小心翼翼地走进屋里，环顾着摆满魔法工具的屋子，突然感觉脚下被什么绊了一下。

啊！是峡谷魔法师！

"啊！"听到甘妮的尖叫声，峡谷魔法师清醒了，踉踉跄跄地站了起来。

"托你的福，我也打起精神了，虽然耳朵疼了点。"峡谷魔法师摸着耳朵说。

甘妮赶忙问："到底发生了什么事？"

"我被黑魔法师袭击了。因为太过突然，我根本来不及躲闪。"

听到峡谷魔法师的回答，甘妮战战兢兢地问："那尼妮呢？您有没看到一个娇小可爱的小姑娘？"

甘妮的话让峡谷魔法师大为惊慌。

"那孩子有危险！黑魔法师盗取了我的魔法材料，随便混合制作了变身药水。"峡谷魔法师焦急万分。

"我把剩下的魔法力量都集合起来帮助你，你快点去救那个孩子。"峡谷魔法师赶紧念着魔法咒语，向甘妮伸出了一只手。

一想到尼妮有危险，惊慌失措的甘妮心里怦怦直跳。

"如果尼妮已经喝下了药水，那可怎么办？"

峡谷魔法师的咒语引来了一阵呼啸的狂风。屋顶的瓦片瞬间被撕扯下来，如纸张般在空中翻滚，漫天的尘土和树叶被刮得四散纷飞，混乱无序。

一阵旋风像飞转的车轮一样急驶到甘妮身边，轻轻地环抱起甘妮，将她吹向了天空，随后带她朝山脚下疾驰而去。

一眨眼的工夫，甘妮就到了海边。

风还没消逝，传来了峡谷魔法师的声音："孩子，我只能帮你到这里了，去海洋王国的路就全靠你自己了。"

到达海滩后，甘妮从魔法书中掏出了水下探测船，然后登上了驾驶舱。虽然甘妮从没开过车，也没开过这种船，但她已经没有时间再迟疑了。

"这样对吗？"当甘妮踩下脚下的踏板，探测船的发动机响了，开始向前移动。

快要到达海底的时候，托尼从魔法书中探出头说："甘妮，在天亮前一定要破解尼妮身上的魔咒！不然尼妮会化为泡沫的。快点吧！"

"什么？这可如何是好？我……我能做到吗？"

"当然可以！目前为止，你一直做得很好啊！"说完，托尼就钻回了魔法书。

甘妮加大油门，探测船奋力地向海洋王国前进。

探测船驾驶舱的玻璃窗震动得十分厉害。

隐隐地，大海深处传来了欢快的歌声。

甘妮驾驶着探测船朝歌声的方向驶去。

歌声是从海洋宫殿的方向传来的。到宫殿门口，甘妮从魔法书中取出潜水服，游了过去。

"哇！天啊！近距离一看，真是太隆重了！"甘妮感叹道。

海洋宫殿里正在举行一场华丽的庆典。

甘妮在人鱼群中发现了尼妮，是人鱼尼妮！

甘妮差点晕了过去，迅速地游向了尼妮。

"尼妮，幸好你没事，真是万幸啊！这是怎么回事啊？"甘妮上下打量起尼妮来。

面对甘妮的提问，尼妮面无表情地答道："噢？姐姐也来这里了。"

"什么呀，你！知道我有多担心你吗？"甘妮鼻子里不停地喘着粗气。

第九章　原形毕露的黑魔法师

　　见到姐姐，尼妮面无喜色，连眼睛也没眨一下说："传说中的美人鱼很快就会出现在今天的庆典现场，她能帮人实现一个愿望，到时候我们许个愿，要黄金书签吧。"

　　尼妮的表现让甘妮大为惊讶！

　　"现在说这些重要吗？你明天早上就要化为泡沫消失不见了！"甘妮大声喊道。

　　"是吗？那可糟糕了，现在怎么办呢？"尼妮面无表情，一副事不关己的样子。

　　"尼妮，你有点奇怪，到底发生了什么事啊？"甘妮略带担忧地问。

　　"我为换取变身药水，把自己的眼泪给了峡谷魔法师，仅此而已。我以为眼泪对我来说没多大用处呢。"

"你遇到的那个家伙其实是黑魔法师。"

听到甘妮的话，尼妮只是表现出了一点点惊讶，并没有伤心。

"是吗？因为黑魔法师带走了我的眼泪，所以我现在才会这样。"尼妮说。

就在这时，两个孩子的周围笼罩了一团黑色的水雾。待水雾慢慢散去，只见人鱼少年出现在了甘妮和尼妮面前。

"对不起。我不是故意偷听的。"瑙鲁说。

不知怎么回事，瑙鲁的脸色看起来有些灰暗，眼神和表情也与以前的样子完全不同。

甘妮很是疑惑，眼前的这个少年是那个给自己唱歌的人鱼少年吗？

 想要让尼妮恢复正常，方法只有一个。

那是什么？

 向传说中的美人鱼许愿祈祷！你们也去祈祷增加一点念力吧。

瑙鲁带着甘妮和尼妮来到了广场。

在海洋宫殿的中央广场上，无数的海洋生物以人鱼为中心聚集在一起。人鱼们双手合十围坐一圈，正在虔诚地祈祷。

他们吟诵着祈祷文，内容是希望传说中的美人鱼能够出现在海洋王国，因为每个人都有一个迫切的愿望等待实现。甘妮和尼妮也加入了祈祷的行列。

传说中的美人鱼啊，

您在俯瞰这个地方吗？

若能听到恳切的祈祷，

请您驾临此地吧……

突然，原本平静的广场上掀起了巨大的浪花，彩虹色的旋涡卷起无数个晶莹剔透的水珠。

音乐声戛然而止，人鱼们也一齐停止了祈祷，在场的所有人都屏住呼吸等待着什么。

这时，一个神秘的声音传来——

海洋王国所有的生灵们，听到你们恳切的祈祷，我专程前来满足你们。

听到那个声音，所有的人鱼都欣喜如狂，欢呼雀跃。

叮铃叮铃当!

瑙鲁快如闪电，最先喊出了请求："传说中的美人鱼，请把海洋王国最需要的东西给我们！"

尼妮觉得很奇怪，因为瑙鲁并没说出想找回哥哥的愿望。

这时，小小的浪花掀起，在海洋宫殿的中央，一枚黄金书签闪烁着耀眼金光缓慢地落了下来。

"如果有人担心幻想王国的安危，那就请把这个书签交给他。"传说中的美人鱼说。

说时迟，那时快，守候在一旁的瑙鲁快速游向黄金书签。

"黄金书签！"瑙鲁用怪异的声音喊道。

不知什么时候，瑙鲁的脸和身体已变得黑乎乎的，眼睛里泛着凶狠的红光。瑙鲁伸长了胳膊，一把抢走黄金书签，紧紧攥在手心里。

哈哈，终于被我拿到手了！

"那是黑魔法师的声音！"甘妮大声地说。

姐妹俩很是震惊，一直以来帮助她们的瑙鲁竟然变成了黑魔法师！

瑙鲁手中紧握着黄金书签，嘴巴张得大大的，口中突然喷出了黑色的液体。瞬间，周围弥漫着难闻的气味，一种令人不安的气氛笼罩着整个广场，让人窒息。

黑魔法师阴森恐怖的吼声响彻整个海洋王国，令人不寒而栗。

"尼妮，快跟我来！"甘妮拉着尼妮朝着水下探测船的方向跑去。

"姐姐……我……喘……喘不过气来！"跟在甘妮身后的尼妮突然感到窒息，不停地干咳。

尼妮的脸色变得越来越黑，看来是吸入了黑魔法师泼洒的黑色液体，中毒了。

"尼妮！把嘴巴闭紧，屏住呼吸！"

甘妮也因为遭到黑魔法师的攻击，潜水服被撕破了，皮肤也染成了黑色。但甘妮更担心的是尼妮，完全无暇顾及自己的安危。她赶忙从魔法书里掏出一个头盔，戴在了尼妮的头上。

"你以为这样就可以救出你妹妹吗？"被黑魔法师操控着的瑙鲁，挡住了两个孩子的去路，"快把魔法书拿出来！"

甘妮紧紧闭上了眼睛。

第十章　找回眼泪

从黑魔法师手中救出甘妮和尼妮的是人鱼五姐妹。

人鱼姐妹们手持闪闪发光的武器，守护在甘妮和尼妮的身边。

那只是披着瑙鲁躯壳的黑魔法师!

这里与你们人类的世界有很大不同。我们把维护共同体看得尤为重要,瑙鲁本人也会觉得这种死亡是光荣的!

黑魔法师,让我跟你做个了断!

眼泪!我的眼泪被黑魔法师带走了!若是瑙鲁死了,我的眼泪就要不回来了。

什么?

咯咯咯,真是机灵的孩子,你一直没忘呀。把我放了,我就把眼泪还给这个小家伙。

为换取变身药水,我拿自己的眼泪做了交换,我以为悲伤是无用的,没有也可以呢。

虽然很无奈,但那是你的事。在幻想王国我不能错过消灭黑魔法师的大好时机。当然,瑙鲁可能会因此失去生命,但是瑙鲁会化为泡沫,永远生活在海里。

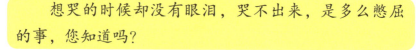
拜托您!请把我妹妹的眼泪要回来!她笑起来的样子很可爱,但哭的时候也是一样非常可爱的!

想哭的时候却没有眼泪,哭不出来,是多么憋屈的事,您知道吗?

现在我就很想哇哇大哭一场!

"嗯，好吧。黑魔法师，你给我听好。我再给你最后一次机会，把旅行者的眼泪还给她，从瑙鲁的身体里出来，否则的话，我让你与瑙鲁一同毁灭。"

黑魔法师再也撑不住了，从瑙鲁的身体里钻了出来。黑色的气团从五个武器的缝隙中悄悄地溜走了。

黑色气团最后把手伸向尼妮。

我们走着瞧，我一定会报仇的！

一瞬间，尼妮的瞳孔突然变大，整个人浑身颤抖。随后，豆大的泪珠一滴一滴地流了出来。当所有人把目光聚焦在尼妮身上时，黑魔法师早已悄悄逃离了海洋宫殿，笼罩着大海的黑暗也随之消散。

"瑙鲁啊……真的对不起……都是我的错。如果我没来到这里……黑魔法师也不会追到这里来。"尼妮哽咽着，双眼噙满了泪水。

115

　　瑙鲁缓缓地睁开了双眼，神志开始清醒，缓缓地开口说："不，是我的错。是我上了黑魔法师的当。黑魔法师说，把传说中的美人鱼召唤过来，拿到黄金书签，他就会有办法救出我哥哥。"

尼妮拍了拍瑙鲁的肩膀说："瑙鲁啊，我懂的，换作是我，我也会这样去做的。"

甘妮把手轻轻地搭在尼妮的肩膀上。

这时，身后传来了坚决的声音："但是应有的惩罚是躲不过去的。"

是人鱼五姐妹。

你的罪行就是，使我们的海洋王国陷入了混乱！判你在望月升落六次期间，关押在扇贝坟墓里虔诚地悔过。

　　我还有一个罪。我曾欺骗黑魔法师，说黄金书签在峡谷魔法师那里。峡谷魔法师可能也因此遭受了无辜的伤害。

　　原来如此！那好吧，就判你在望月升落九次期间，关押在扇贝坟墓里悔过。

　　之后，不要忘了亲自登门向峡谷魔法师致歉。

　　不过你也有功劳，找到了我们海洋王国的黄金书签。功过相抵，最终改判你在望月升落三次期间，关押在扇贝坟墓里虔诚悔过。

　　你哥哥现如今关押在沙滩王国的监狱里，我们会正式发文要求把你哥哥玛鲁送回来。

真……真是太感谢了！

　　瑙鲁情不自禁地哭出声来，这是感激的泪水。尼妮也哭成了泪人，这是欣喜的泪水。尼妮和瑙鲁紧紧相拥，抱头痛哭。

什么是望月？

望月就是满月。望月升落三次其实就是三个月时间。

这时，尼妮的周围出现了彩虹色的旋涡，随之散落成晶莹剔透的水珠。

尼妮大声说道："呜哇！我的人鱼尾巴不见了！"

变回人身的尼妮被彩虹色的水珠层层包裹着。

"刚才是空气精灵帮你解除了身上的魔咒。"瑙鲁说。

围观的人鱼们欢叫道："来！让我们尽情享受这个节日吧！"

"好哇！痛痛快快地玩一场吧！"

许多人鱼和各式各样的海洋生物载歌载舞，真是热闹非凡。

托尼从魔法书中跳出来，给甘妮和尼妮穿上了史莱姆潜水服。姐妹俩也跟着人鱼一起开心地享受庆典，直到晨曦笼罩海洋宫殿。

尾声　重回家人怀抱

回到公寓大堂的甘妮眼睛瞪得溜圆，她这才想起带出门散步的棉花糖。

甘妮一下子着急起来，抓耳挠腮地说："大事不好了！棉花糖不见了！"

"啊！怎么办？"

尼妮尖叫着跑出公寓，甘妮紧随其后。

"尼妮，你往商铺的方向转一圈，我往学校的方向看看！"

甘妮和尼妮朝着相反的方向跑去。

到了小学门口，甘妮问附近的孩子们有没有看到迷路的小狗。

"小狗吗？看到了！"有个男孩答。

"真的吗？在哪里看到的？"听到男孩的回答，甘妮连忙问。

"去那边会看到很多小狗在玩。"

"喂！我不是说是迷路的小狗吗！"甘妮轻轻地拍了男孩一下，小男孩咯咯咯地笑了起来。

甘妮鼻子一酸，眼泪夺眶而出。迷路的棉花糖现在该有多害怕啊。到了小学门口，甘妮问附近的孩子们有没有看到迷路的小狗。

"小狗吗？没看到！"

"奇怪，那个载河，他以前不是只养了一条小狗吗？"

"嗯，对啊，不过今天他带了两只小狗散步。"

听到两个孩子的对话，甘妮眼前一亮，立即问道："叫载河的孩子，是不是在这附近遛小黑狗的那个？"

孩子们点了点头。这时，甘妮听到了尼妮咯咯笑的声音。

"在那里，载河。"

听了男孩的话，甘妮转过头一看，尼妮和载河分别抱着小白狗和小黑狗在咯咯笑，两人看起来像老朋友一样说说笑笑。

"哦，是我姐姐！"尼妮看到了远处的甘妮，开心地挥舞着手。站在旁边的载河刚准备向甘妮行礼，可尼妮一把将载河的一只胳膊举过头顶，摇晃了几下，向甘妮挥手示意。随后，两人开心地哈哈大笑起来。

"棉花糖，快跑！去姐姐那里！"尼妮和棉花糖向甘妮奋力跑去。甘妮张开双臂迎接，紧紧地拥抱了亲爱的家人。

名著聊天室

托尼把甘妮和尼妮邀请到聊天室里。

 尼妮和美人鱼公主在好奇心强这一方面有共通之处。不过没想到尼妮真的变为人鱼了！

 可不是嘛！看到尼妮变成人鱼的样子，着实让我大吃一惊！

嘿嘿，对不起，让大家担心了。我以为我会很快回来呢。我当美人鱼进入故事里之后，终于明白自己为何想要成为人鱼。

 催泪感人的美丽故事，梦幻般的海底世界……终于明白作家安徒生为什么说《海的女儿》是自己的代表作了。

 是啊，《海的女儿》也是安徒生自认为最感动人的童话作品。它不仅给孩子带去感动，也给大人带去感动，所以能够在全世界久负盛名。

在这个幻想王国中，"空气精灵"就是传说中的美人鱼。人鱼五姐妹统治着海洋王国，真的特别酷！非常棒！

 姐姐们本来就很酷的，尼妮。

 这次是姐姐救了我，我的姐姐也很酷！我从来不知道眼泪有那么重要。

 不是有那么一句话吗？"用眼泪洗涤心灵。"当一个人内心深处有委屈、有悲伤、有恐惧、有愤怒的时候，我们可以让这些情绪表达出来，让眼泪流出来。

 哇，好棒的一句话。

我再仔细为你们介绍一下写了200多篇精彩童话故事的作家安徒生吧。

 好的！

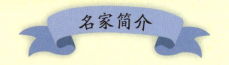

名家简介

汉斯·克里斯汀·安徒生

1805年4月2日—1875年8月4日
19世纪丹麦童话作家
被誉为"世界儿童文学的太阳"

汉斯·克里斯汀·安徒生不仅是丹麦的代表作家，也是现代儿童文学的创始人。不过，他也不是一开始就这么了不起的。安徒生出生在一个贫苦家庭，奶奶是清洁工，爸爸是穷鞋匠，妈妈是洗衣工。他11岁时爸爸去世，妈妈不久即改嫁，他只好和奶奶相依为命。安徒生一生未结婚，将自己毕生的精力都倾注在了童话创作上。

安徒生曾怀揣着歌剧演唱家的梦想，14岁时独自来到首都哥本哈根。刚开始，他在皇家剧院当一名小配角，后来因为变嗓而被解雇，转而学习写作。但由于安徒生没有受过正规教育，一直没能写出很好的作品。幸运的是，安徒生遇到他生命中的两个大贵人，他们觉得安徒生极具才华。在他们的扶助下，17岁的安徒生第一次来到一所中学上学，与比自己小五六岁的孩子们坐一起学习。他第一次创作的诗歌得到了很好的评价，从此便踏上了创作之路。

1835年，安徒生的第一本童话集《讲给孩子们听的故事》问世。最初，安徒生的童话创作尝试始于他对儿时听过的故事的改写，这些作品在当时并没有获得认可，也曾被人误解，屡遭批评。之后，安徒生创作了一系列大胆而新颖的童话故事，将这类作品的文学价值提升到了新的高度。1843年，带有自传色彩的童话《丑小鸭》首次出版即备受读者欢迎，他的童话作品从此开始享誉世界。1846年，普鲁士国王弗雷德里克·威廉四世亲切地接见了安徒生，授予安徒生奥登塞堡"荣誉市民"称号和丹麦皇家"红鹰勋章"。

《丑小鸭》写了一只天鹅在鸭群中破壳后，因相貌怪异，被群鸭鄙弃，历经千辛万苦、重重磨难，最终长成白天鹅的故事。《丑小鸭》犹如安徒生的一篇童话传记，与作家的生平吻合。安徒生相貌不好看，经常遭到戏弄和嘲笑，但后来他通过努力终于遂愿，成为享誉世界的童话作家，成功蜕变成了"白天鹅"。

安徒生逝世时丹麦举行隆重的葬礼，葬礼当天，丹麦全国休业、致哀，国王和王后亲自到灵前吊唁。

为纪念第一部《安徒生童话》出版100周年，丹麦发行了安徒生童话故事主题的邮票

看图找不同

两幅图里共有七处不同，快点把它们找出来吧。

大揭秘

看图找不同参考答案：

P62窗户闯关参考答案：

善	托	思						芙	贝	尼
得	胡	雅						红	尔	少
瑟	里	欧						菈	托	尔
潘	昂	家						福	姆	莉
女	库	卡	佛	神	爱	史	布	彼	萝	赛
桃	列	尔	安	克	妮	提	巴	冯	丢	多
王	尔	潘	兰	罗	灯	亚	斯	娜	先	黛
莉	拉	妃	兔	奇	精	德	蒂	贝	西	利
赛	里	亚	努	丽	灵	杰	王	斯	生	摩
丝	白	爱	斯	塔	伽	斯	米	歇	尔	斯

图书在版编目(CIP)数据

变身美人鱼/(韩)安成燻著;李婷译;(韩)李景姬图. 一福州:海峡文艺出版社,2023.11(2024.1重印)

(魔法图书馆)

ISBN 978-7-5550-3525-1

Ⅰ.①变… Ⅱ.①安…②李…③李… Ⅲ.①儿童故事—图画故事—韩国—现代 Ⅳ.①I312.685

中国国家版本馆 CIP 数据核字(2023)第 207395 号

变身美人鱼

[韩]安成燻 著 　李 婷 译 　[韩]李景姬 图

出 版 人　林 滨

责任编辑　邱戊琴

出版发行　海峡文艺出版社

经　　销　福建新华发行(集团)有限责任公司

社　　址　福州市东水路 76 号 14 层

电话传真　0591—87536797(发行部)

印　　刷　福州德安彩色印刷有限公司

厂　　址　福州市金山工业区浦上标准厂房 B 区 42 幢

开　　本　720 毫米×1010 毫米　1/16

字　　数　80 千字

印　　张　8.25

版　　次　2023 年 11 月第 1 版

印　　次　2024 年 1 月第 2 次印刷

书　　号　ISBN 978-7-5550-3525-1

定　　价　29.00 元

如发现印装质量问题,请寄承印厂调换